KB247653

당신에게서 내 얼굴을 하나 가져갑니다

서연우

시인의 말

우리, 좀 걸어 볼까?

공부가 깊을수록
세상 모든 일이 모를 일이다.
오래 걸어
공부를 대신할 수 있다면
좀 더 걸어 보겠다.

내일은 2026년

서연우

당신에게서 내 얼굴을 하나 가져갑니다

차례

1부 대지의 한 호흡으로

3부 있기도 하고 있지 않기도 해서

1부
대지의 한 호흡으로

잠시, 산다

안녕, 하고 웃어야 하는데 그만둔다 아이의 얼굴을
한 아이가 있고 어른의 얼굴을 한 아이가 있어 저녁의
파티는 엎어졌다 가라앉은 시선 옆으로 꽃들이 부서져
있다 아이는 전생의 기억을 사는 것 같고 그걸 드러내지
않은 채 내가 바라보는 거울처럼 나는, 잠깐 떠오르다
멈춘 비밀을 보지 못했다고도 할 수 없고 사람마다 기억
하는 첫 번째 계절 봄을 본다 숨죽이고 있는 커튼 뒤의
세계, 내가 보이는지 묻고 싶었던 이 세계, 자기 자신을
알아보게 될 때 죽게 될 것*이라는 말은 뜻하지 않을 때
뒤돌아보는 것, 전생의 내가 몰래 숨어들어 이생의 내가
누구인지 알 때까지, 나는 잠시 대지의 한 호흡으로,
있다

* 테이레시아스.

빨간 지붕

차라도 한잔하고 가지, 하는 말에 가슴이 뛰어 60여 km를 되돌아간 주소 빨간 지붕은 보이는데 집으로 드는 길이 보이지 않는다 자동차의 내비도 휴대 전화의 내비도 찾지 못하는 새 주소를 쥐고 여기로도 가 보고 저기로도 가 본다 빨간 지붕이 만만치 않다 오다 보면 전봇대에 주소가 걸려 있다는데 여름의 감나무 과수원 한복판, 잘못 들어선 길 이제 전봇대를 찾는다 더 이상의 길이 없고 빨간 지붕은 여전히 저만치 있다 감나무가 집을 차단한 건지 길을 차단한 건지 찾지 못한 길을 찾기 위해 나는 잠시 그 자리에 멈춰 선다 다시 전화를 건다 차도에서 초록색 펜스 지나 바로 우회전이라는데 왼쪽에 계곡을 두고 난 길을 따라 올라오면 된다는데 초록색 펜스 끝나 우회전, 오른쪽이 계곡이다 모르겠다 그냥 가 보자 여기도 아니면…… 분명한 것이 없는, 이왕 들어선 길, 조금 올라가니 계곡이 오른쪽에서 왼쪽으로, 마음도 왔다 갔다 바뀐다 전화기를 들고 맞다 맞다 흰 차 보인다 네가 방방 뛰며 손을 흔든다 가까운 것이 가장 멀다 빨간 지붕 아래, 나도 뛰어야 하나 이 세상은

빨간 지붕 아래 다 모여 있다 나는 잠시 이 조급함을 안
아 본다

첫눈

첫차에 오릅니다
한 발짝 낯익은 사람이 다가옵니다
터져 나오는 반가움이 끝나기 전에
버스는 이곳에서 그곳으로 출발합니다
어디서는 폭설이 내리고 있다는 예보입니다
돌아가는 길은 점점 멀어지고, 조금 느린
예보처럼 눈이 옵니다
버스를 마주하고 첫눈이 옵니다
다른 곳에서 다른 속도로
들어오려 창을 두드리는 한 세계
부르르 몸을 떨어
애매하게 녹아 벌어진 한 호흡에
버스의 산고 없는 출산이 시작됩니다
갓 태어났는데 원하는 대로 걸어가는
사람들, 아직 생각할 여지가 있는
조금 낯익은 사람조차
이곳이 아닌 그곳에서 만나 반갑습니다
콩나물국밥을 먹습니다 소주 한 잔의 취기는
첫눈이 12월까지 녹지 않는다면

이곳이 아닌 그곳에서 다시 만나자

흔적을 흔적으로 지우며

사람들의 머리는 거의 같은 높이로 움직입니다

그러니까 식곤증이 풀리기 전에

사람을 아는, 사람을 만나러 가는 길입니다

보도 위를 짧은 보폭으로 걷습니다

해가 나면 사라지고 없을 첫눈처럼

사람들이

계속 출발합니다

만나지 못할 사람을 이야기하기 위해,

개새끼가 왜 욕이 되었는지

어디서는 암캐가 혼자 여덟 마리의 강아지를 낳습니다

아직 수확하지 못한 배추와 무 위로

첫눈은 옵니다 너무 오래되었으나

항상, 첫눈입니다

야나르타쉬*

신이 빚은 자연과 인간이 일군 도시가 나타났다 사라
지는 동안

바위틈 바위틈에서, 꺼지지 않는 불꽃

우리 엄마의 엄마의 엄마의 엄마들이 가장 중요하게
여기던 게 부엌의 불씨를 꺼트리지 않는 것

숨은
불멍, 벽난로 모형처럼
바람이 아무리 불어도
비가 아무리 내려도 멀쩡히 나부끼는

지상에 불을 두고 키메라는 어디로 갔나
어디로 갔나, 알게 뭡니까
전문적으로 마시멜로를 구워 먹는
당신

다음 여행지로 떠날 걸음이 탄다
부드럽게 휘어지는 곡선이 장르를 바꿔 버리는 불
꽃
살았는지 죽었는지 재조차 없는
누천년 쌓인 시간, 두리번대는 다음이 다음을 부르는

인제 그만 가자고 할 때
바라보다 바라보다 주저앉아 반쯤 불이 되어 버린
그 옛날 엄마처럼

팔을 이끄는
야나르타쉬

여기가 제자리라고
타도 다 타지 않는 돌의 모양을 하고

나는 여기에 와 돌의 속을 염두에 둔다

* 아나톨리아 올림포스산에서 3,000여 년째 꺼지지 않는 불꽃의
  이름.

궁리

카라비아 나무 구멍에 둥지를 틀었어요
카라비아 열매를 먹고 씨앗을 퍼뜨렸어요
나무는 나무를 벗어나지 못하고 앵무는 앵무를 떠나
지 못하고
카라비아 나무가 사라졌어요
스픽스마코 앵무도 사라졌어요

소들은 풀밭에서 자유롭게 떠돌고
앵무는 죽든지 말든지
지구는 죽든지 말든지
우리는 소를 먹어요

혀는 제멋대로 핥아요 혀가 핥는 자리마다
먹고 마시고 숨 쉬는 갈림길

문제는 문제가 아니죠
여덟 마리 스픽스마코 앵무를 카팅가 보호 구역에 방
사해요

박제에서 살아난 앵무의 자리
그러니까 자연적으로
제법 살 만해졌다고 여겨질 때

놀랄 수도 놀라지 않을 수도
없는 나무와 없는 새는 새가 될지 나무가 될지
해가 떠오르기 전 아침 공기는 차고
있는 것과 없는 것이 들썩여요

건강 검진에서는 콜레스테롤 수치가 높아
생활 습관 개선이 필요해

붉은 고기는 개한테나 주는,

다정과 앵무의 놀람은
당신의 말을 반복해 주는 거잖아요

펼친 페이지

현관문을 들어선 순간
신발장을 밟고 날아오른다 갑자기,
가득 차 텅 빈 마주침

감당할 수 없는 대가족이 날아오른다
내가 낳지 않은 날것
다리 여섯 달린 날것
백지에 쓴 글씨가 휘발되듯이

동시에, 난다, 날아오른다

밥솥에도 냉장고에도
삶을 거머쥐고 비비적대는
여전히 죽지 않는 여름
더위보다 더 끈질기게 꼬물꼬물

무엇일까 바닥으로 추락한
아니, 날개 달린 것

문이 아니라 알을 열고 솟아오른다
날고, 또 날고, 나는

가지도 오지도 않은
며칠 빈집
초파리가 꼬였는데도
햇살은 빗금을 치며, 조각보처럼 주걱처럼
잘도 놀다 간다

블라인드 케이브 카라신*

그 동굴엔 눈이 퇴화한 물고기가 있다고 했다
입만 남은 물고기, 물고기들
너는 언제나 나의 좌, 우, 앞을 가로막았다
나는 언제나 너의 좌, 우, 뒤에서
빠져나오려 했다

블라인드 케이브 카라신,
나는 네가 행복했으면 싶었다

너와 나 사이에서 우리는
있는 듯이 없고
나와 너 사이에서 우리는 없는 듯이 있다
나는 너로 인해 끝날 것 같지 않은 불안을
말하지 못했다

나는 내가 행복했으면 싶었다
블라인드를 내리고

말하지만 말하지도
듣고 있지만 듣고 있지도 않은
기도는, 계속 눈이 감긴다
드디어, 마침내 기도는, 눈이, 사라진다
만나기 위해
눈이 사라지고
헤어지기 위해 사라진 눈이
물 위에 둥둥 떠다닌다

동굴의 시간
보이는 사람에게는 있고
보이지 않는 사람에게는 없는
벽처럼

기도하지 맙시다, 블라인드 케이브 카라신

아프게 아름다운 꽃들 앞에선
눈을 감아 버리듯

* 학명 Astyanax jordani. 멕시코가 원산지인 눈이 퇴화한 동굴 물고기.

흑점

환청이 들리기 시작했어요

좋다는 병원에는 다 가 봤어요
집도 팔았어요 스무 살 때
아버지가 떠났고 어머니는 암을 품었죠

시설에 왔어요
사람들은 그냥 거기 있으라고 했어요
아침인지 저녁인지 헷갈릴 때가 많았죠

봄빛 틈 사이로
창살이 스며들었어요

연락처 위에 빨간 줄이 하나씩 지나갔어요
왜 이곳은 집이고 찾아올 사람이
없는 걸까요

창살이 늘어났어요 몸부림칠 때마다

마주 보고 있는 나와 나무에 묶인 나무의 그림자는
선택의 여지가 없었어요

오늘도 날씨는 형광등이에요

세상 어딘가에 나를 기억하는 사람이 있을까요
카메라에 비친 청년이
늙은 얼굴로 묻습니다

저를 아세요

가만히 있어도 누전 차단기가 내려가
밤새 잠 못 들었다는 전화가
주말 새벽, 먼 곳에서 울렸어요

함성 속에서 승부는 엇갈린다

옥,

골키퍼가 쓰러진다 나는 아무 일도 없는데, 조금 전에는 발길질을 받았고 지금은 튕겨 나간다 모든 동작은 나를 정확하게 받아 낸다 익숙한 것들이 새롭다 누구의 것도 아닌 힘에 이끌려 나는 그녀와 그녀 사이를 오간다 나를 쫓아 달려오는 그녀를 바라본다 빼앗기고 뺏는 동작이 놔, 놔 씨발 으르렁댄다 시간과 공간과 궤적과 충격과 흐름이 끊김과 전진과 후퇴로 뒤범벅된 동물이 있다 그 앞에 벽이 있다 닥쳐올 가능성이 현재의 잔디밭을 구른다 살아 있음이 다르므로, 나는 구른다 너무 다르게 살아왔는데 거기서 거기인, 그녀가 나를 찬다 발끝에 잠깐 붙였다가는 재빠르게 그녀가 나를 찬다 믿었던 그녀는 빈 골대가 되고 나는 구른다 멀리 하프 라인 너머 골대로 향하는 뻥 뚫린 길이 보인다 길 위에 나머지 풍경들은 다 사라지고 오려 낸 듯 길 하나가 생긴다 쓰러진 선수가 있다 그럼에도 경기가 계속되는 것은 모두가 알고 싶은 진실이 있기 때문이다 멈추지 마, 나는 굴러가고 그녀들이 쫓아온다 멈추지 마, 멈추지 마! 나

머지 그녀들은 고개를 숙이고 있거나 하늘을 보고
있다

안데스콘도르*

미안해요 나는 날아오를 거예요 한 번 사냥에 실패한
먹잇감은 다시 공격하지 않아요 나는, 상승 기류를 찾고
있었어요 마추픽추에서 그때, 찾아오는 손님은 기꺼이
만나는 사람과 황금만 반기는 사람의 말을 들었어요 하
지만 말해 본 적 없어요

나는 울어 본 적 없어요 한 사람이 한 사람이 되는 육
체를 정복하고 영혼을 정복해요 당신이 죽어요 모두 죽
어요 칼과 십자가를 든 짐승의 궤적, 내가 내 몸이 당신
을 찾고 있어요 콘도르칸키

일어날 거예요 나는, 하늘을 움켜쥐고 끝까지 물어뜯
을 거예요 살아남은 공중의 시간을 영원히 살 것처럼,
없어져도 모를 만큼

계곡을 다 안고 새는 날아가요

* 남미에 서식하는 콘도르의 일종으로 세계에서 가장 큰 맹금류
이다.

말발도리

애교,
라는 꽃말을 가진 작은 꽃이 왜성, 이라는 이름도
가졌다
무중력 애교에서 엎질러진 중력을 견디고 있는 것처럼

아무것도 걸치지 않은 말발에 입술을 그려 주고
싶었다

증명되었다 한 잎 한 잎 꽃잎
꽃들의 번지 점프는 신나게 뛰어 날아오르고
다음 날도 그다음 날도 사람들의 입에서
어디나 무엇에나
겹겹이 늘어선 도리 도리 도리

이 꽃을 만나면 모든 시간이 별의 시간
내가 아닌 것처럼 내 안에 들어와 도는 말발의 위성

바람의 집*

내 프로필이 마음에 안 들어? 반짝반짝한 거? 이거 요즘 완전 트렌드 메이크업인데, 타투? 내가 좋아서 한 거야 내가 죽을 때 갖고 갈 수 있는 것 중에서 유일하게 내가 선택한 거야 다른 거? 다른 건 다 엄마 아빠가 물려준 거지 내가 수술을 했어 뭘 했어 나 스스로 나의 몸을 만들어 가는 거야 한두 개일 때만 액세서리 정도로 봐주려 했다고? 엄마 눈엔 다 비행 청소년처럼 보인다고? 그렇게 생각하지 마, 엄마 내가 좋아하는 걸 찾을 때마다 새긴 거야 나 우울할 때 이걸 보면 기분이 좋아져 설마 내가 자해하는 것으로 느끼는 거야? 아냐, 엄마 난 내가 힘든 것에서 벗어나고 싶을 때마다 새겼어 이걸 보면 내가 이만큼 노력했구나 싶어 대견해진다니까 엄마는 하나씩 늘어난 걸 볼 때마다 돌탑을 쌓는다지만 아냐, 엄마가 죄책감 느낄 건 없어 나 자해 같은 거 안 해 난 개명도 안 했잖아 그냥, 내가 가진 걸 내 마음대로 조금 꾸몄을 뿐이야 나는 내 외모도 좋고 가난도 좋아 아니 부자여도 난 타투를 했을 거야 비싼 캔버스에 내 마음대로 그림 좀 그리는 거지 파마를 하거나 염색을 하거나 손발

톱을 자르는 것과 같아 나를 표현할 수 있는 무언의 방식일 뿐이야 이게 내 앞길의 걸림돌이 될 거라고? 아니야 막을 순 없어 내 아이가 네 살이 되었을 때 열두 살이 되었을 때 그리고 스무 살이 되었을 때 "엄마 이게 뭐야" 물으면 나는, 이건 그림이고 엄마가 어른이 되려고 고심한 흔적이라 말해 줄 거야 너도 혹여나 평생을 갖고 가고 싶은 무언가가 있다면 엄마처럼 해도 좋다고 말해 줄 거야 할머니가 되면 추해 보일 거라고? 아니! 엄마, 나는 타투한 멋진 할머니가 될 거야 여전히 바람 속에 있는 할머니

* 포루그 파로흐자드, 신양섭 역, 「어둠 속에서」, 『바람이 우리를 데려다 주리라』, 문학의숲, 2012.

불안

먼저 출발할 버스는 자리가 없고 서서 갈 사이도 없다 기사는 10분 뒤 출발하는 차를 타라고 한다 지금 버스는 경유할 곳이 많다고, 10분 뒤에 출발하는 차는 경유하지 않아도 지각이다 택시가 있는지 도로변을 살핀다 택시는 보이지 않고 승용차 몇 대 보인다 한 소녀가 다가온다 헝클어진 머리를 한 소녀가 눈을 피하지 않고 다가온다 소녀는 웃는다 길가에 쌓여 있는 흙덩이 하나를 내게 던지며, 웃는다 나는 더 큰 흙덩이를 든다 소녀는 계속 웃는다 나는 더 큰 흙덩이를 소녀를 향해 던진다 천천히 지나가는 승용차 창문을 맞힌다 소녀는 스스륵 웃고 승용차가 멈추고 조수석 문이 열린다 의자 위에 소주병이 뒹군다 도망치자, 나는 소녀의 손을 잡고 달린다 매표소를 돌아 계속 달린다 화장실이 나온다 어디가 여자 화장실인지 알 수가 없다 무조건 뛰어든다 뒤따라 남자 신발이, 뛰어든다 아, 잡혔구나 하는 순간 여기는 남자 화장실인데요 한다 그래요, 하며 옆 화장실을 찾는다 소녀는, 소녀는 어디로 갔는지 보이지 않는다 알람이 울린다 세계에, 한 소녀가 또 사라졌다

낡은 집

사실 비가 오지 않으면 될 일이었다 하지만 비는 또 왔다 천장 속에서도, 비닐로 감싼 천장의 빗물은 비닐을 타고 호스를 타고 배관을 타고 내렸다 나는 언제나 화를 내야 했는지 이해해야 했는지에만 몰두했다, 비닐은 비에 젖지 않아도 가라앉아 있었고 나는 앉거나 서서 비가 오기를 기다리고 있는 것이다 비가 오는데 비를 기다리는 날들이 계속되었다 머무르거나 떠나 버리거나 이런 동작을 다 안아 버리거나

남겨진 죽음들

생각할 것이 많은 사람들 구석에 모인다
죽음을 문 구석은 문전성시다
땅을 보고 하늘 보고 땅을 보며
구석의 바깥으로 넘어가는 마음
발로 비비고 침으로 덜어 낸다
몸이 사라지는 죽음에 대해 생각하는 동안에도
구석과 발걸음은 모였다 사라진다
이런 격조에 어울리는 쓰레기통은
어디에 있는가

늘 그랬듯이 버리지 않는 척 버리는 밤이다

한지에 쓰이는 글의 뜻은 다 진짜 같아

노란 조끼를 입고 빨간 장갑을 끼고
허리가 굽은 사람이 죽음을 찾는다
사거리 교통섬, 죽음의 흔적을 없애려
알루미늄 집게를 들고

죽음 하나에
몇 번의 시도를 하는지 지켜본다

어느 쪽인지는 잘 모르겠다

앞차의 손가락이 담배를 툭툭 튕긴 뒤 더 멀리 튕
기고
안 그런 척 차장을 올릴 때

아직 찾지 못한 죽음은 빗물받이 안에 있다

2부

내일이 내 일 아니라고

사무처장이 잘렸다

망개, 잎을 따서 팔아 볼까
그래, 청미래덩굴로는 팔리지 않을 거야
부드럽게 나뭇가지들을 흔드는 오월의 바람 소리
망개, 잎이 자라고 우리는 점심시간을 걷는다

부스럭부스럭 뭘까 두리번두리번
그늘과 햇빛 속에서 산을 쌓은
나뭇잎, 까치가 조심스럽게 들추는 소리
아, 여기도 있다 망개

잎을 따서 망개떡 집에 진짜 팔아 볼까

한참 욕하다 불쑥 칭찬을 뱉듯
뱀, 뱀이 나오고
우리 서로 너무 가까워하며 얼른 뒤로 반 발짝
물러난 외나무다리 아닌 외길 낭떠러지

뱀, 가죽을 벗겨 팔아 볼까

햇빛과 그늘 사이 그림자처럼 어른거리는
뱀은 껍질 벗겨진 나뭇가지로 변하고
퇴직한 후 맨발 걷기 하는 사람이 지나가고
까치가 총총댄다 생각만으로 직업을 바꿀 수 있다고
뛴다 망가지면 망가지는 것을 따라가는

망개, 잎은 무한 복제되고

아, 새똥, 머리카락에 새똥인 줄 알았는데
초록 벌레
너는 손으로 연신 머리카락을 쓸어내리고
나는 연신 소매를 잡아 늘이고

청미래덩굴이 망개나무란 이름을 훔쳐서
진짜 망개나무 이름을 가린 것처럼
말로만 팔던 망개나무 잎은
사무실 키보드 가시덤불 속에서 자란다

가느다란 가지 끝을 끝까지 잡고

망가지면 망가지는 것을 따라가는 잎들처럼

아도 무카 스바나아사나

푸들 목줄을 에어컨 실외기에 묶는다
엄마 밥 먹고 올게 여기서 기다리고 있어 하고는
식당으로 들어간다 여기다
손안에 푸들을
두고 가면 어떡하는지 말하지 못하고
실외기는 돌고 푸들도 돈다
웅웅 웅웅거리는 소리 사이로
당신은 밥 먹고 오는 동안 기다릴 푸들을 바라본다
그리고 당신이
밥 줄 때까지 기다릴 개를 생각한다
기다려야 밥을 먹을 수 있는
푸들도 푸들에 불과하다고
길 건너 화단의 고양이는 웅크리고
잡아당기는 목줄이 그린 원이 끊어질 듯
팽팽해질 때마다 푸들은, 혀를 내놓고
원의 밖을 멍하니 바라본다
더 나아가면 목이 졸릴 거라는 걸 알기에
등을 기댈 구석을 찾는다

당신은 못 본 척 창에서 사라진다

동물에게 가장 위험한 동물은 인간이라는데
개는 인간을 기다린다 밥을 주기 전
목줄을 풀어 준 강아지는 우다다다 달려가
어미에게 닿기도 전에
돌아온다
그리 멀리 가지는 않는다
어미 개와 당신은 서로 목줄을 당긴다

이런 개 같은 자세

물꼬

안개가 남은 창밖으로 봄날의 논이 시작된다
모를 내기 전의 무논에 해가 뜨고
이슬을 머금은 소젖 냄새를 달리는 차가 들이켤 때
나는 나도 모르게 코에게 속삭인다
아침 들판이 길게 내쉰 숨 같지 않니

월요일이 지나면 화요일이 온다 당연히
일요일에 제대로 잠갔던 것 같은
하우스 자물쇠가 열려 있다
개는 펜스를 치며 웅웅거린다
개는 되는 안락사가 사람은 왜

건너편 논에 청년 인간 사슬이 모판을 나른다
질펀한 일손 돕기가 잠시 허리를 펴는 동안
이앙기는 벌써 한 논을 지나간다
대민 지원 군인 일손 돕기는 폐지되었다는데
어디에서 나온 걸까 잠시 구경한다

배를 불린 쪽파가 드러눕는다
알이 굵어지니 대도 잎도 이제 소용없다
꼭 여기 있어, 잠근 자물쇠를 다시 잠근다
다른 열쇠는 닫힌 문 옆에 그대로 있다
모내기가 끝난 논에 물이 들어간다

스러지는 것을 어떻게 할까?*

다시 시작하는 월요일입니다
라는 멘트가 흘러나오고
오늘 아침이 시작된다

어떤 징후는 거리가 되고 노래가 되고
내 안에 나무가 시동을 켠다

이제 어떤 잎이 먼저 단풍 드는지는
시간차 공격이다 발라드의 속도로

벚나무 잎이 먼저
시작한다
잎이 뛰어내린다 죽을 듯 살 듯
단풍이 들기도 전에 뛰어내리기도 하고
단풍이 이쁘게 들어 뛰어내리기도 한다

매미 소리가 그쳤다 풀벌레가 운다
나무의 생을 움켜쥐고 있던

잎이 나무의 생을 벗어난다

벚나무 가로수 아래로 지나간다
나는 나무, 나는 잎이 없다

나는 잎이 없는데 잎이 떨어진다
잎, 나는 나를 그만둘 나무가 없다
나는 나무처럼 떨어트릴 잎이 없다

나는 끝이라는 시작을 모르고
이 사실이 나를 침묵하게 만들고
오늘 아침 나는 딱딱하다
오늘 아침 나는 말랑말랑하다

벚나무 가로수 아래로 지나간다

* 어슐러 K. 르 귄, 진서희 역, 『남겨둘 시간이 없답니다』, 황금가지,
2019.

침묵
―포도가 열리는 대문

노산동 이곳저곳 두리번거리며
'백석이지나간작은책방'을 지나
골목을 걷다 보면 나타난다
노란 우레탄을 덮어쓴 기와지붕 아래
식구들이 다 먹을 수 없을 만큼
포도가 열린 집

소리 없이 찾아와 기웃거리는 사람
소리 내며 지나간 기웃거린 사람
모였다 사라지는 걸음이 담벼락을 타고
포도와 인사를 한다 주저리주저리
하얀 달리아와 빨간 꽃양귀비도
작은 화단 한자리 차지한 집

작고 빨간 우레탄 지붕 개집이 있다
짖거나 물거나 웃을 것 같은, 시시 티브이
빨간 눈동자가 개의 부재를 짐짓 바라본다
개가 되고 싶을 수도 있는

시시 티브이는 짖거나 물거나 웃지 않아

맛있겠다
맛있겠지
이 포도를 따 먹으면
칠월이면 그래도 가끔 이곳을 떠올리지 않을까
눈만 있고 귀는 없는 시시 티브이
개는 포도 맛을 알까

포도나무가 죽었던 자리에
다시 포도나무가 서 있다

침묵
—번호 키

의사는 심장 박동기를 달아야 한다고
했지만 선생님은 거부하셨다

그렇다 이제 병원을 나선 심장은 속삭인다
언젠가 더는 열리지 않을 것이다

오늘을 꽉 채운 네모를 푼다

잠시 해방, 우리는 서로에게 사물처럼 머문다

죽었다가, 거짓말처럼 다시 살아난다
기억나지 않는 번호와 잘못 누른 번호의
하루하루가
완성해 내는 긴장조차 모른 채

이제는 노래하자 우리
그래, 노래는 죽을 때 부르는 것이다

나는 어떤 노래를 부를까
너는 어떤 노래를 불렀을까

제 발로 나간 사람이 제 발로 들어온다
무덤, 어느 날은 길게 어느 날은 짧게
문들이 조금 움직인다는 생각이 들고

선생님은 어디 계시나

노래는 죽음에 대해
죽음은 노래에 대해
그 크기를 재지 않는다

침묵
—장례식장

여름의 시신은 어디에 있을까
늙은 아버지가 돌아가신 장례식장에서
우는 사람은 몰래 울고
산 사람은, 산 사람이 웃는다 소릴 낮춰

덥고 어두운 사람의 표정으로
눈에 보이는 것만 볼 때

죽은 사람이 많을까 산 사람이 많을까
장례식장에서

한밤에도 불을 밝힌

지하 냉동고

또 다른 장례식장 아닌 장례식장

서랍을 열어 두고 싶다 잠시라도

파란 얼굴들

안개를 헤치고 바코드를 스캔한다

며칠째 비는 그쳤다 내리기를 반복

의문은 목록이 다양하고
나는 어머니를 닮은 단호박의 늙음을 사러 간다
누구에게도 죽어서 죽기를 기다리는 마트
아닌 냉기가 스며드는 신선한 장례식장

한밤의 식자재 마트에는 산 사람이 많다
죽은 사람이 정신없을 정도로

침묵
—모노리스

다만 그것은
어떤 위태로움으로 세워졌는지 밝혀지지 않았다

뭐가 보여

이게 다인가요?

라스베이거스 북쪽 사막에서
거대한 금속 기둥으로 발견되었다
수평선을 이루며 주변 사막을 비추는
들키고 싶을 만큼 높은 그것은
찾아 나선 것이 아니어서 눈에 띄었다

라스베이거스인 줄 알았는데 유타주에서 사라진
페이지, 보이는 것보다 더 먼 미래와 비미래의 사이

내부를 향한 외부는 무엇을 내놓은 걸까

이런 것도 있었구나

그렇다 찰나에 만들어진 것처럼 찰나에 사라지는

그것은 문득 확인의 울타리를 넘어

팔을 뻗으면 손끝에 닿을
그런 우주로, 부풀어진 과부하로

그러니까 나는
옥수수 모종을 텃밭에 옮겨 심으며 뭔가를 나타내야
할까

오늘은 진짜 뭘 보고 싶었을까

그것은 인류 전체의 묘비였을까

침묵
─행운

뿌리 내릴 흙이 없을 정도에
이르렀을 때

드디어, 드디어 한껏 부푼 행운목 꽃이 폈다

눈앞의 행운이 달아날까
나는 향기를 숨겨 두고 베끼려 했다 몰래
혼자 설레었다 그래, 그래

행운은 어쩌면 한 사람에게만 찾아오는 것일지 몰라

그런데 행운, 행운은
심은 사람에게 가는 걸까
키운 사람에게 오는 걸까

향기는 사람들을 불러 모았고
사람들은 곳곳으로 향기를 퍼 날랐다
소원은 점점 번졌다, 제발 한 번만

행운이 부족하니 행운의 목을 비틀어야 할지 몰라

스포트라이트 꺼진 구석에서 행운목
이거 장식용이야 맞아
나는 어쩐지
열심히 물 주는 게 정답이 아닌 것도 같은데

끈질기게 화분을 붙잡고 있는
행운에 오늘도 물을 주며 괜히 서 있다

이리 서 있는 일은 나밖에 모르는 일이다

침묵
—노인과 바다

연주가 시작되었다 무대 위 검은 피아노, 들어 봐, 흰 건반에서 뛰어내리는 것이 있었다 움직이는 몸이 무거워진 몸을 버리고 도망가지 못하도록, 손가락과 피아노의 공격과 방어가 이어졌다 웅크린 흰머리가 살짝 흔들렸을 뿐, 허리는 기둥처럼 단단했고 꼿꼿했다 소리는 표정으로 바뀌었다 관객 사이를 비집고 들어오는 소리 없는 소리, 제목을 알 수 없는, 연주는 계속되었다 나는 날치를 날것으로라도 물어뜯을 만큼 힘을 비축할 손뼉을 치고 싶었다 나는 박차고 그 자리를 벗어나고 싶었다 하지만 망망대해, 그는 백건우였다 바다 가운데 작은 배처럼, 그 어떤 예외도 없이 소리를 내는 허수아비* 상어 떼가 삼킨 청새치 살점처럼 소리가 시간을 파먹고 있었다 검은 건반에서 솟구치는 야상곡, 박수가, 파도가, 계속 이어지고 있었다 그는 여전히 침묵했고 아직 듣지 못한 소리는 지나갔다 저벅저벅

* 파스칼 키냐르, 김유진 역, 『음악 혐오』, 프란츠, 2017.

외래 대기실

환자들은 모두 두려움을 껴안고 있다
두려움은 둥글고 심지가 달려 있다
모두가 혼자 살아남을 것 같다

단백질 하나만 바꾸면

여왕개미가 사라지면
개미의 생에도 최고에 오를 기회가 찾아온다
일개미의 단백질 유전자가 작동한다
인도 점프 개미

여왕이 되게 해 줄까?

단백질 하나만 찾아내면, 단백질 하나만……
퇴화한 뇌의 변화 능력을 되살릴 수 있다

일개미들이 머릿속으로 몰려든다
새로운 여왕개미가 탄생하려는 듯

머리가 아프다
신경과에서 받아 온 약이 효과가 없다
한의원 벌침도 효과가 없다
나는 무엇도 되지 못하고 계속해서
뇌가 줄어들거나 난소가 커지지 않는다

스테로이드 주사를 맞는다
드디어 이쪽에서 저쪽으로
머리가 바위처럼 단단해진다
무한 증식하는 개미들아 제발 나가라
진심을 다해 진화에 대해서라면
회춘은 필요 없다
이제 **나는, 개미는**
바닥을 짚고 일어나려는 것이 아니다
바닥을 뒤집어 보는 것이다

그것은 광고처럼 보이기도

뉴스는 헤드라인이 이끈다

뉴스는 왜 펼쳐 들어야 할까
그런 시대는 지나갔다고

상의 탈의하고 달린 女子 마라톤 선수*
헤드라인에 묶여 있다

없는 것에 대해, 없음으로 말한다
가슴에 번호표 대신 수술 자국을 달고

덕분에 암을 극복할 수 있었다고

지금 보는 것도 하나의 가슴이라고

달려도 끝이 보이지 않는 마라톤의 종착점처럼
있었지만 있었던 가슴은 없지만 있고

이해할 수도 감상할 수도 있는

새로운 흔적이 열린다

이제 온몸이 가슴으로 그녀는 있다

옷으로 덮는 것은 어때요

의식적으로
말하지 않으면 드러내지 않으면

여기가 어디지?

헤드라인은 내일이 내 일 아니라고

내일에 집중한다

* 2024년 런던 마라톤에 출전한 루이스 버처는 양쪽 유방 절제술
  을 받았다.

캐리커처

귀걸이는 그려 넣지 마세요

축제가 자주 있는 일이 아니라서 앉았습니다

마주 보는 당신이 웃네요
마주 보는 나도 웃었습니다

우리는 서로 모르는 사이
서로 눈이 맞은 겁니다

배우같이 그리지는 마세요
서로 다르게 흐르는 한 호흡으로
나는 당신에게서 나를 보고
당신은 내게서 당신을 봤을까, 싶네요

우리는 어떤 얼굴로 마주하게 될까요

마주 보는 일이 자주 있는 일은 아니라서요

나, 이제 놀라야 합니까

당신에게서 내 얼굴을 하나 가져갑니다

원래의 얼굴은 두고 갈게요

아웃복싱

1
아프리카 초원에서
맞서 싸우는 코브라와 다람쥐가 포착됐다
붉은 혀를 난사하며 빳빳이 몸을 세운 코브라 앞
다람쥐는 꼬리털을 바짝 세웠다
코브라가 날카로운 이빨로 초퍼 블로우를 날렸다
다람쥐가 인사이드 슬립으로 잽싸게 피했다
나도 피했다 유튜브를 보면서
뭐지 저게? 코브라 눈앞까지 몸을 날려
맹렬하게 도발하는 다람쥐
더 오랫동안 더 치열하게 싸움은 이어졌다
코브라가 먼저 떠났다 어미 다람쥐도
덤불 속으로 사라졌다

2
삼차 신경통으로 입원한 그와 주말을 보내고
출근했다 화요일 아침

젖 먹던 힘이 어떻게 연거푸 케이오 되는지

언제나 챔피언인 줄 알았다 그는
언제 내가 그의 챔피언이 되어야 하는지
알지 못했다

3
왼쪽 다리 없는 남자와 오른쪽 다리 없는 여자가 결
혼식을 하고 있었다

당신이시여
저것은 훅일까요 스트레이트일까요
가드를 내린
완벽한 커버링일까요

3부
있기도 하고 있지 않기도 해서

나무, 새, 바다

와불처럼 누워 있었다

바다는 매일 집을 나갔고
갯벌이 한숨을 내쉬었을 때

작은 나무가 태어났다

바다가 지나치게 멀리 나갈 때마다 나무는
조금 더 바다 쪽으로 씩씩해졌다

나무는
나무가 아니어도 되었다 나뭇가지에

감태가 선명해졌다 국경을 넘어
알락꼬리마도요, 개꿩, 검은머리물떼새가 날아들었다

카메라 셔터 소리,
갯벌 위에 남겨진 발자국

시간은 서로 다르게 흘렀지만
모두 하나의 나무를 향해 모였다

바닷가에 나무를 심었을까
바다가 숲으로 들어왔을까

있기도 하고 없기도 한
나뭇가지마다 잃어버린 틈이 자라났다

어디까지 자랄까

나무의 방향은 새 발자국 가까이에 있다

세계의 정다운 무관심

알람이 울리고 자동 차단기가 내려왔다
내 차례의 불안이 생겼다

차단된 세계는 달릴 것을 기다렸다
너는 선을 넘지 않았고 나는
길과 길 사이 빠져나가는 침묵을 보았다

주문이 끝나길 기다리는 시간
두근거림이 다가왔다
너는 어느 쪽에서 왔니
한낮의 구경꾼들은
한 발짝도 움직이지 않았다
나의 불확실이 두리번거렸다

길이 흔들렸다 기차가
블랙홀을 잡고 빠져나갔다
사라짐과 멀어짐의 조바심
함께 달리던 나의 마음이 무섭게 멈추었다

짧은 찰나 가위에 눌렸던 어둠이
요동쳤다

차단기가 원래의 자리로 올라가고
무관심의 균형이 깨졌다
알람에 갇힌 주변의 속도가
미처 한번 쳐다볼 새도 없이
움직이기 시작했다 어제와 똑같은 햇빛

멈출 이유가 사라졌다 나도 다시 달렸다
서로 문을 잠근 채
서로 할 일이 많아

자신의 유령을 끌어안고

못갖춘마디

번지 점프
하듯
대나무꽃이
폈다

좀처럼 피지 않는 섬, 납도
아이들은 밀감나무에 열려 대학에 갔다
밀감나무로 갈 수 있는 곳에 머위꽃이 폈다
대나무는 움직이지 않았다

팔다리를 허우적대면서 대나무는
자신을 위해 박자를 맞추고
속을 비웠다

사라지는 게 좋아 사라지는 게 싫어

대나무로 갈 수 있는 곳을 찾아다녔다

한곳에서 오래 살다 보면 문득
혼자 걷던 막다른 길이 손을 쳐든다

여긴 대나무

피면, 죽는
피우면, 죽는
나무

아무 데도 못 가 움직일 수 없을 때
대나무는 죽고 대나무는 다시 온다

대나무는 정말 풀일까

질문이 마디로 가득 찬

대나무는 어디선가 오는 것이다

먼지가 되어 가는 배들이 있어요

여기 하트가 있다

어떤 호수가 이렇게 하트 모양으로 생겼을까?

나무 한 그루 자리 잡지 못한 사막에 푸른 물이 가득 찬다

이 호수는 어디일까?

사막 가운데 덩그러니 남은

배

반쯤 끊어지고 반쯤 날아가고 반쯤 벗겨지고 반쯤은

시뻘겋게 부식된

내가 뭘 원하는 것 같아요?

죄송해요

지금은 다 떠나고 아무도 없어요

그렇지만

사막의 한복판에서 물고기를 잡았다는 기억

이곳은 아랄해로 불렸고 세계에서 4번째로 큰 호수였다

바다 냄새조차 잃어버린
바다
마치 아무렇지도 않다는 듯 공범처럼, 우리는

괜찮아요

물고기 대신 낙타가 사는

아직 저기에 있어요 아랄해
다만,

우리 모두의 일이라는 듯
먼지가 되어 가는 배들이 있어요

비

비는,
꽃 핀다
아스팔트 위에,
뿌리 없이,
빛보다 빠르게 빛보다 선명하게,

비는,
춤춘다
처음 그곳으로 다시
수직으로 내리꽂히는
절정의 무희,
투명은 투명으로 묻히고
액화된 슬픔은 땅으로 스미고

환호도 없이 관객도 없이
주저앉아 죽은 꽃,
그 위에, 쉼 없이 피고
쉼 없이 소멸하는

비의 꽃,
고인 곳을 찾아 끈질기게
죽는 자는 죽고
죽은 자를 밟고
산 자가 산다 미친 듯이 산다

어디서 온 것인지
혼자 남은 나조차 소유할 수 없는
비가 낳은 꽃, 사이사이
해마다 한 뼘씩 키가 자라던 나무 그림자가 흘러간다
뒤돌아보지 마라
꽃이 진다

죽음의 시간
물의 꽃 무덤은 형체가 없고,
그냥 진다 빛보다 빠르게 빛보다 선명하게
아무것도 아닌 것
전부인 양
무너진다

무슨

폭염에, 폭우가 헤매는 영상을 보고 있었다

빗금이 세상의 틈을 메우고 있었다

모든 게 분주했다

아무도

분주하지 않았다

두꺼비집 늙은, 셔터가 내려갔다

비의 뒤에서

물이란 물은 다 무리를 지어 전력 질주하고 있었다

들에는 호수가 생겨나

소들이

절 마당에서 풀을 뜯고 있었다

집시처럼

지구를 세로로 돌아오는 계절

밟으면 가고 밟으면 서는 오토매틱 자동차일 줄 알
았다
나는
차창 밖으로 눈을 주는 곰배령에서

가을바람은 신나무, 설탕단풍, 시닥나무에
최고의 메이크업을 선사했고
더 멋진 무대 배경을 위해
빛은 신나게 찬란하고 청명했다

바람을 따라나서는 나뭇잎처럼
거처도 없이 시간은 떠나갔다

빛이 색을 데려가 지구 저편에 부딪힐 때
얼음 같은 유리창 너머 새벽 2시의 아파트를 본다
나는,
영업시간 지난 칼국수 집 신발장 같은

태엽을 감아도 줄어들지 않는 시차

쇼가 끝난 객석에 뒹구는 빈 깡통처럼
누가 나를 다녀간 듯
미세 먼지 같은 통증이 소리 없이 내 머리 차지한다

포도 껍질 위를 살랑거리던 초파리와 함께 나의 한
계절이 간다

꿈인 듯,

다른 지구의 옆모습

잠시, 죽는다

싹 싸악, 벚나무 아래가 먼저다
이만하면 세상에 미련 없다는 싸아악,
마지막 빛을 내고 착지한 나뭇잎을
싹 싸아악, 발 딛는 곳마다 비질한다

한 발짝 앞으로
옆에서 더 앞으로, 다시 옆으로
그리고 원래 자리로 돌아왔을 때

나무의 내부에서 초록 도마뱀 떼처럼 돋아나
파란 하늘 가볍게 가리다 꼬리만 두고
지상으로 추락하는

이제 잠시 쉬고 있는
잎의 색과 무늬를 나는 모두 기억할 수 있을까

최대한의 바닥을
바닥이 낚아채는 시간

여름이 여름을 벗어날 수 없을 때, 멀리
싸악 싸악 소리로 오는 가을

매년 문 열어 주는, 누군가

한 잎 한 잎, 비질하는 동안에도
바람은 바람인 채로 불고
순간순간의 잎들이 떨어진다

날아오르고 싶었고 날아올랐던 그 시간은
단지 무거울 뿐인 나처럼
잠시

떨어뜨리기 위해 나무는
발을 숨긴다

거울

커피를 마시려고
주전자를 가스레인지 위에 올리고
밸브를 열고 불을 켠다
화분에 물을 좀 줄까 생각하며
베란다에 나간다
애기둥굴레가 작은 화분에서 애쓰고 있다
좀 더 큰 화분으로 분갈이한다
물 끓는 소리가 왜 안 나지?
그러면서 옆 비비추도 분갈이한다
여전히 물 끓는 소리는 안 나고
뭔가 타는 냄새 나는 듯도 한데
분갈이한 화분에 물을 준다
물이 다 졸았겠다 싶어
가스레인지로 와 보니
주전자 속에는 커피 반점이 세 개
당신의 심장을 만지던 기억처럼
나는 빈 주전자를 끓인 셈
그래 주전자를 좀 식히자

남은 화초에 물을 주고
다시 그 커피 주전자에 물을 붓고 끓여
커피를 들고 책상 앞에 앉는다
아직 한 입도 먹지는 않았고
여전히 생각이 나지 않는다 어라
모니터에 얼굴을 내민 실비아 플라스
내 불안과 기억을 비추는 거울

—내 속에서 늙은 여인이
주말 아침 그녀를 향해 솟아오른다

—천사, 그 희귀한 느닷없는 하강

고라니

나는 북쪽으로 차를 몰았다

고라니가 튀어나오는 길이었다
고라니가 사슴으로 변하고 멧돼지로 변하고
사람으로 변하는 길이었다

고라니는 항상 나보다 먼저 운다

나보다 먼저 우는 것이 내 북쪽에 있었다

양의 혀를 가지고 염소의 다리를 하고
놀란 토끼 눈을 하고

나보다 먼저 튀어나왔다

나는 북쪽으로 차를 몰았다

나보다 먼저 울음을 안 것들이 숲속에 있다

나는 고라니를 이어 쓰기 위해
내 북쪽이 있는 곳으로 간다

나는 고라니로 변신할 수 없고
나의 뱃속에서 고라니를 튕겨 낼 수 없지만

고라니는 튀어나온다

북쪽에 내가 아는 이는 없다

도미노

빛이 사라졌다

벽이 솟구친다 눈앞이 썰물처럼 빠져나간다

전기가 나갔다 빛의 진공이다
성냥을 찾으며
도미노처럼 서 있는 아파트를 바라보다

일시 정지

왜요 무슨 일이래요? 소리 없이
눈을 치켜뜬 차들은 줄줄이 아파트 주차장을 빠져나
가고

한전의 도움으로 빠른 복구에 최선을 다하고 있습
니다
민원 전화로 빠른 일 처리에 어려움이 있으니 자제해
주십시오

그래서 불은 언제 들어온대? 보상은 어디서 받아
지적인데 우린 서로를 못 보란 말이야

냉장고 사과 하나까지 어둠으로 바뀌어 꺼내지 못
하는
사이, 가벼운 어둠은 어디까지 잠식했을까

전기가 들어오기를 기다리는
더 이상 어두워질 안쪽이 없는 도미노처럼

그 무엇도 기다리지 않는
아파트 아파트 아파트

캄캄해져서야 첨탑 꼭대기에 선
밤의 초병이 생각났다

민달팽이

칼날 위에
너를 풀어 준다, 아이들 짓이 아니다

너는 혼자 고개 쳐들고
나를 음미하듯 촉을 세운다

한눈팔지 않고 가까이 더 가까이
바로 거기에서 달린다

그사이 몇 시간이 흘렀는지 들키지 않는다
날카로운 호미 끝에서

너는 기는 것으로 달린다

뭐, 우리도 이런 삶이잖아
잔인하다는 누군가의 말에
땅콩 안의 땅콩처럼 널 풀숲으로 던진다

함부로 무감각한 나는 왠지

저 비명의 속도에 눌려
멈추어 선 물컹거림이 된다
나도 다른 길은 보이지 않아서 그래

그러니까 민달팽이는 얼마쯤 몸을 놓아야 할까

그것도 유일하게

살모사

살아 있다
주춤한다
서로,

빗물받이 고래 통
반쯤 찬 물속에서

긴 바가지를 가까이 가져간다
살모사는
몇 번이고 반대쪽으로
도망간다
도망가지 마, 구멍은 없어
고래 통 안에서 락킹 댄스라도 추듯
살모사는 도망친다 살기 위해,

알아서 해,
나는 살모사를 모르고 그럴 수 없는 일이
그래, 아무래도 그냥 두는 수밖에

나, 일주일 뒤에 와

통에 나뭇가지 하나
걸쳐 두고 가는 마음이란

비가 온다 구름에서 줄기차게, 빠져나온다
알려 주지 않았는데

그런데, 나는 빠져나갈 수 있을까
눈앞의 모든 길들

일주일이 지나간다

나무늘보를 보러 갔다

올라앉으면 편할 텐데
왜 나무에 매달려 있을까요 나무늘보는

적어도 소문보다는 느린

나무늘보를 보러 갔는데
나무늘보에 매달린 소문이
시간의 가지를 휘게 합니다

나무늘보는 모르는
오리 두 마리
물에 떠 있습니다

오리가 무심히 지나가는 일은
비밀입니다

날개를 퍼덕이면 편할 텐데
오리는 왜 오리발을 내밀까요

받지 않으려고
저장하는 번호가 있습니다

나무늘보는 아직
나무에 매달려 있습니다

나무늘보와
오리 사이

모르는 사람이 모르는 일을, 모르는 사람들에게
퍼트려 풍경을 만듭니다

오리와 나무늘보가 모르는 세상이 있습니다

비무장 지대

하루살이가 한없이 날아서 만든
시간과 장소라면
자연이라는 말이 신선해진다

하루살이가 한없이 날아서 만든
분위기 같은 것이
세상의 경계 아니었을까

하루살이 눈에는
분명한 것이 하나도 없는
서로 다른 은밀한 얼굴들이 비칠까

하루살이가 살아 본 적 없는
바이러스 속에는
하루하루를 집어삼키는 비대면 속에는
생각해 보면 내 입을 지운
하루살이가 있었다

하루살이가 날아서 만든 코와 귀
하루살이가 한없이 날아서 입을 가진다면
하고 싶은 것이 무엇일까

하루살이
우리는
모두가 입을 틀어막은 채
이리저리 다니고 있다

4부
세상이 온통 한 가지 색으로

내일은

얇은 옷을 입은 사람들이 지나가요
닭들은 아랑곳하지 않고 개의 너머를 봐요

고개를 돌려 사람을 보는 꽃이 있고
카메라를 보는 꽃이 있어요

여기 보세요 하지 않는 사람이 향나무에 핀 꽃을 휴
대폰으로 찍어요

누가 더 지나갈 곳을 오래 바라보는지
누가 더 지나간 곳을 자주 바라보는지

보세요, 어떻게든 날아

닭이 나무에 올라 향나무가 죽은 건지
향나무가 죽어 꽃이 핀 건지

지렁이를 앞발로 제압한 개가 닭들을 향해 긴 혀를

내밀어요
　　날벌레들이 달라붙는 오후예요

　　개의 꼬리처럼
　　산책하는 사람들은 유월이라고도 저녁이라고도 하고

　　애견 카페에서 늘 보던 풀과 어쩌다 본 풀에 약을 쳐요
　　초록을 입은 개구리가 풀 속으로 뛰어들어요

　　발각되지 않은 아가미처럼
　　향나무에는 천천히 쉬어 가는 꽃이 피고
　　날개를 접은 사람이 지나가요

　　내일은 정말

새

#1
아무것도 하지 않는 새가 있다
영업을 마친 이불집 평상에 앉아 있다 잘 개킨 이불
위 베개 같다

아무것이나 하는 새는 그 자리를 최대한 빨리 빠져나
가고 있다

#2
한 곳만 보는 새가 있다

다른 새들이 보고 있다
한 곳만 보는 새를, 내성이 생기고 있다

새는

한 곳만 바라보는 새의 세계를 상상하고 있다

나뭇가지가 가장 잘 만든 화살이 새였다

#3
새는 어디에나 있다 새는 보려는 사람에게만 보인다

아랑곳하지 않고
한 곳만 보는 새가
첫눈처럼 차 위에 흩날리고 있다

재빨리 아무것에나, 쌓이는 새

사하라

바람을 보았다
바람을 타고
회전초처럼 이리저리 굴러다니는
시간을 보았다
씨앗의 모양을 띤 시간
사하라,

시간을 보았다
빨갛게 질릴 때까지 혼자 꿈꾸는
바람을 보았다
바람이 없는 사람들이 가서
바람의 휘청대는 몸을 맞히는
사하라,

몸속 열을 최대한 바깥으로 내보내는
얇고 커다란 귀와
헤엄치듯 울부짖는 발로
바람은 춤을 추고 있었다

당신이 일찍이 보지 못한 춤이었다
서로의 안쪽을 꺼내 오는
시간이었다

당신의 춤은 바람이라는 시간
나의 바깥을 흐른다

메멘토 모리

내가 보여 줄게요
물이 먼지가 되는 시뻘건 웃음

NASA 위성이 촬영한
폭발 전의 나
폭발 후의 나

폼페이도 순간에 사라졌어요
태양은 빛을 냈지만
나무는 성장을 멈추고 한여름에도
서리가 우박이 눈이 내렸어요

삶과 죽음을 구분하는 세계와
삶과 죽음을 구분하지 않는 세계

따윈 아랑곳없어요 나는
이글거리고 있어요 끓고 있어요 잠도 자지 않고
꿈틀거리며 들썩이며 몸부림쳐요

마침내, 판과 판이 부딪쳤어요

수프리에르에서 나는 폭발했어요

캄캄한 감옥 뿌리 깊은 불구덩이의 반란
하늘 높이 치솟았어요 뜨겁게
날아올랐어요
살기 위해, 죽었어요
죽지 않은 채

세상이 온통 한 가지 색으로 주저앉았어요

죽지 않은 채 내 모든 존재가
흔적이 되어,
나를 삼켰어요

라이브

뒤돌아볼 생각이 없는
우린 너무 멀어
조명을 받은 사람에게로 시선을 쏟았다
들키고 싶은 마음과
그렇지 않은 마음 사이에서
손을 흔들었다 간격을 메우며
함부로 손목을 팔목을 양팔을, 머리와 가슴과 허리
까지 함부로

흔들었다 인생에 딱 한 번 있을까
보이지 않을 때까지 보이는 것을 향해 흔들었다
달려가다 딱 중간 지점
손뼉이 불현듯 웃음을 터트렸다
나는 조금은 부끄러웠지만 자랐고,
그 순간은 우연히 찾아왔다

별 보여
그래 보여,

이렇게 한데 섞여, 탈을 쓴 사람들을
흔들었다 스마트폰을 빛을
빛이 일어나 같은 동작을 하는 나를 흔들었다
스타는 자신의 빛이 두려웠을까
한 곡이 끝나고 다른 곡을 시작하기 전 잠시
시간 속에 새겨 넣는 박수, 이게 눈물까지 날 일인가
싶어
버텨 내던 나는 그때 딱 중간 지점에 있었다

젖어 드는 줄 모르고 조금씩 젖어 드는
이제 나는 무엇의 행세를 할 것인가

메두사의 시선과 마주친 듯
나는 굳어졌다

소파가 되어 가는 기분

주문하시겠어요 음, 뜨거운 거요 차가운 거요 아, 네, 사이즈는 작은 걸로 드릴까요 큰 걸로 드릴까요 어, 드시고 가실 거예요 들고 가실 거예요 네, 마일리지 적립해 드릴까요 아, 네, 다른 건 더 필요 없으신가요 아, 그래요, 디카페인으로 주세요 매번 마시는 것을 마셔야 한다고 주문은 피곤을 쓰고 질문은 습하지 않은 표정을 유지하고 뭐 좀 새로운 거 한번 마셔 볼까 허둥대고 진동 벨을 받고 바라보지 않아도 울리는 도무지 울리지 않는 진동 벨을 바라보고 알람이 울리고 주문했다는 커피를 이게 맞나 받아 들고 두 잔 중 어떤 게 카페인인지 디카페인인지 번번이 구분되지 않고 아무래도 좋다 좋다고 그런데 오백 원 더 비싼 걸 먹지 않은 건 좋지 않아 새벽 두 시를 서성이는

적막 속의 소음들이 자꾸 무릎에 닿는다

꺾은 작약을 뒷좌석에 꽂아 두고 보며 감탄하다

내렸어요 앞차의 그가 앞차와 뒤차의 친밀함을 살폈어요 그사이 작약은 말이 없었어요 오디오를 끄고 차문을 내리고 연신 죄송합니다 죄송합니다 했어요 앞차의 그는 뒤차의 운전석으로 다가와 가만히 서 있는 차를 왜 박습니까 한마디 던지고 앞차를 타고 가 버렸어요 에구야, 병원 가 보셔야 하는 거 아닙니까 앞차를 박기 직전에 엄마를 불렀어요 엄마는 안 왔어요 그래서 부딪쳤어요 살짝, 그러니까 일 센티 정도 작약이 흔들렸어요 정신과에 가 봐야 할까요 아, 오디오는 교통사고를 당해 수술대에서 죽은 귀신의 배를 십 년이나 지나 한의원에서 외과 의사가 꿰매 주는 장면이었어요 거기 작년에 교통사고로 두 명이나 죽었거든요 어딘가 조금 지친 귀신에 씌었을까요 그가 웃는 듯이 다시 보이지 않는 말을 해요 내 친구도 그 내리막길에서 우당탕탕 사중 추돌 벤츠를 폐차했다더군요 작약의 앞날을 누가 알아요 그 앞차 나중에 뺑소니를 찾을지 몰라요 뒷좌석의 꺾은 작약 인간은 태어나는 순간 뺑소니한 차량 같아지죠 쓰러져 피를 흘리는 시체를 뒤로한

임항선

안 생길 것 같죠? 생겨요, 좋은 일
그러니 웃어요
묻혀 있던 경적을 꺼내 놓듯
옆길로 새지 않는 것은 조금만 힘을 빼면 돼요
기차가 사라진 기찻길
기차표 대신
아이스아메리카노 한 잔을 사 들고
그린웨이를 걸어요
건널목은 여전히 건널목이고요
카페에는 메뉴에 없는 기차가 달려요
소문처럼 발등에 돌덩이를 올려놓고
기차를 기다리는 어르신들이 있어요
이제 그늘로 들어왔어요
기차의 파문이 깃든 옛집들
사이로 이편한세상 고층 아파트가 보여요
하늘로 출발하기 위해 기다리는 기차 같아요
북마산 철길 시장이에요 이젠
기차가 들어오면 물건을 치웠다가 지나가면 다시 펼

치는

일을 하지 않아도 돼요

보라색 챙 모자를 쓴 할머니가

시장바구니를 옆에 두고 플라스틱 의자에 앉아 있어요

환풍기는 돌아가고

계속, 어디로 가는지 알고 걸어요

오래전의 구마산 역사 대신

분수대가 있어요 분수대는 분수를 알까요

교방천에는 청둥오리가

집들이 철거된 자리는 하늘로 가는 기차역

다들 어디론가 가서 잘 살까요 이 여름에

가구 거리 입구 건널목에서

가고파 꼬부랑 벽화 마을로

가요 허리를 구부리고

미암사 벽을 달리는 말의 갈기처럼

땀을 날리며

여호와의 증인 왕국 회관과 살롱드 계단 길

을 올라 역에 도착해요 세로로 달리는

기차를 타요 그 기차엔 몇 칸이 달려 있을까요
이제 샤워를 해야겠어요

토마토와 비닐

야경이 보이는 창가 자리에서
보이지 않는 자리로 옮겨 앉아
토마토 주스를 마신다네 어떤 하루의
저녁이라네 토마토는
내가 빠트린 묶음처럼
지금이 제철이라네

혀에 닿는 감촉으로
뱉은 두 조각의 쭈글쭈글한 비닐
이건 어디서 왔나
빨대를 감쌌던 비닐은 그대로 있고
넘어가던 토마토가
넘어온다네

모든 일이 그렇다네
실현하기 전까지는
쓸모없는 백만 가지 아이디어
고통을 극복하는 사람들 때문에

세상은 고통으로 가득하다네

그러니까 이미 주스가 된 비닐과
아직 주스가 되지 못한 비닐의 차이는

……뭘까

수변 공원을 걷는 노인들, 한 여자아이가
막대 사탕을 달에 비춘다네 모두가 돌아가면
의자는 포개지고
밀대 하나가 바닥을 미끄러지겠지
쓸모없는 일은 없겠지만
사람은 책을 만들고 책은 사람을 만든다 해서
동네 도서관엔 다시 가지 않는다네

해안선 주의보

뫼르소가
움직이지 않는 몸에 다시 네 발의 총을 쏘던
날의 무겁고 뜨거운 바람을 맞으며
우리는 바다에 도착한다
바다가 발에 닿을 때까지
쨍한 여름 해변을 걷는
어떤 순례길
신을 벗고 바지를 걷고
바다의 신에 항복하듯
신을 어깨높이로 든다
죽는 게 무서워서가 아니라 젖는 게
기분 나빠서, 우리는
어떤 때처럼
저 끝에서 저 끝까지 이어지는 물결을
눈으로 좇는다 눈이 멀 것 같은
새파란 하늘과 새하얀 해
바다와 하늘의 경계선에
유람선이 뜬다

저 멀리 흩어진 조그만 사람들의 모습을 본다
우리의 발가락 사이로 모래가 파도가 밀려든다
모래가 거친가 파도가 거친가
모래가 부드러운가 파도가 부드러운가
우리의 손바닥에 바다가 뜬다
점심시간이 지나도
사무실로 돌아가지 않는 해변은
태풍의 눈
처럼 웃고 싶어
완벽히 열려 있는 모든 가능성이
죽고 싶다고 말할 때
주머니를 뒤집어 모래를 쏟는다

가자, 여기는 너무 깨끗해

회유

고등어구이를 먹어야 한다
이미 비린,
내장이 없으니 터진 배를 다시 꿰맬 수는 없고
네 개로 토막 난
(원래는 다섯 토막인데 머리는 이미 없어요)
소금에 맞아 빳빳하게 탄 고등어
뼈가 붙은 부위
뼈가 없는 부위
어느 것을 집어야 한 입, 두 입
조금 더 많은 살점을 먹을 수 있을까
식판을 들고

두 토막은 절대 안
돼요 주방장은
가끔 금방 구운 토막을 따로 챙겨 줄 때도 있고
조용히 하라며 한 토막을 슬쩍 더 얹어 줄 때도 있지만
역시 짠,
자산어보의 고등어와는 달리 달고 시고는 없는

탁한 맛
그 맛에 빨려 들어 사람들은 잘 먹는다
무게는 알 수 없지만 비 오는 날이면 더
무거운 고등어의 부피
그 뒤끝을

미세 플라스틱을 먹은 멸치, 멸치를 먹은 고등어, 고
등어를 먹은
공간
그리고 그 공간을 채우는
점심시간

참외와 공벌레

받침대를 놓으려고
참외를 들다
놀란다
눈도 못 뜬 새끼가
엄마 젖을 찾는 건지
참외를 찾는 건지
잠시 헤매다
세어 볼 틈도 없이
사라질 때
공벌레들이
어떤 걸 보고
어떤 생각을 하고
숨는 건지
궁금해
여기도 들어 보고
저기도 들어 보다
노랗게 익은 잘생긴 참외에
붙은 공

참외를 키우고
참외를 핥은
공의 부작용을 생각해 보다
만질 수는 없으나
죽일 수는 있을 것 같아
참외를 딴다
영양과 달콤함을 파
공벌레에게 준다 참외의
영양이 과해
달콤함이 과해
과한 설사를 할까 공벌레는
그것으로 모자라
참외를 뒤집어쓰고
참외밭을 구를까
죽기보다는
뒤집혀 바둥거리는 일은 없을 공벌레
이 장면을 나는 안심,이라고 한다

'잠시'의 세계를 건너는 존재들

—미결정의 세계와 일시성의 미학

김지윤(문학평론가)

'잠시'의 세계를 건너는 존재들
― 미결정의 세계와 일시성의 미학

김지윤(문학평론가)

1. 일시성의 열린 세계

서연우의 이번 시집을 펴면, 단단한 형체로 고정되지 않는 미결정의 세계와 마주하게 된다. 사물은 한 곳에 오래 머물지 않고 감정은 일정한 온도를 유지하지 않으며, 존재는 동일한 모습을 갖지 않는다. 항상 요동치고, 변이되고, 흐른다.

서연우의 『당신에게서 내 얼굴을 하나 가져갑니다』는 『라그랑주 포인트』(한국문연, 2017) 이후 8년 만에 출간하는 두 번째 시집이다. 감각적인 비유의 힘과 언어적 밀도가 여전히 빛나며, 삶의 비밀과 세계의 진실을 포착하는 시선의 섬세함, 진지한 존재론적 성찰은 더욱 깊어졌다.

시집의 첫 시 「잠시, 산다」에서 "나는 잠시 대지의 한 호흡으로, 있다"는 문장은 이 시인의 시 세계를 여는 관문과도 같다. 서연우 시에 등장하는 존재들은 "한 호흡"의 길이만큼 드러난 후 사라진다. 그들은 일시적으로만 세상에 머무르며, 계속해서 새로 갱신되는 찰나의 상태

로 나타났다 곧이어 자취를 감춘다. 서연우 시 속에서
첫눈은 녹기 위해 내리고, 잎은 빛을 다 머금기 전에 떨
어지며, 비는 내리는 순간 이미 부서지는 시간을 품고
있다.

　　　　환호도 없이 관객도 없이
　　　　주저앉아 죽은 꽃,
　　　　그 위에, 쉼 없이 피고
　　　　쉼 없이 소멸하는
　　　　비의 꽃,
　　　　고인 곳을 찾아 끈질기게
　　　　죽는 자는 죽고
　　　　죽은 자를 밟고
　　　　산 자가 산다 미친 듯이 산다

　　　　어디서 온 것인지
　　　　혼자 남은 나조차 소유할 수 없는
　　　　비가 낳은 꽃, 사이사이
　　　　해마다 한 뼘씩 키가 자라던 나무 그림자가 흘러
간다
　　　　뒤돌아보지 마라
　　　　　　　　　　　　　　　—「비」 부분

시인은 "쉼 없이 피고/쉼 없이 소멸하는" 비의 속성을 "비의 꽃"이라고 표현한다. 소멸과 생성의 본질을 동시에 품고 있는 비는 끈질긴 삶의 순환과 변화를 상징한다. "아스팔트 위에,/뿌리 없이," 피어나, 생명의 근본적인 일시성과 부유성浮遊性을 보여 주는 비는 "절정의 무희"처럼 스스로를 끊임없이 소멸과 생성의 경계 위에 세운다. "처음 그곳으로 다시/수직으로 내리꽂히는" 것이 비의 춤이지만, "환호도 없이 관객도 없이/주저앉아 죽은 꽃"으로 다시 끝날 수밖에 없는 운명에 놓여 있다. "비가 낳은 꽃"은 지상에 잠시 피었다가 형체 없이 무너지는 일시적인 존재로, "투명은 투명으로 묻히고/액화된 슬픔은 땅으로 스미"어 죽음의 시간 속에서 "아무것도 아닌 것/전부인 양/무너진다."

비는 "빛보다 빠르게 빛보다 선명하게" 지상에 내려와 짧은 순간 모든 것을 걸어 피고 진다. "액화된 슬픔"은 세상의 근원적인 고통을 대변하며, "산 자가 산다 미친 듯이 산다"는 역설적인 생명력으로 전환된다.

"물의 꽃 무덤은 형체가 없"기에, 비는 소멸 후 완벽히 공호의 상태로 돌아간다. 그러나 이것은 다시 채워지기 위한 '비어 있음'이다. 자연의 모든 움직임은 흐르다가도 멈추고, 멈췄다가도 다시 흘러간다. 하지만 그 움직임은 각자 다르고, 모든 존재의 생성과 소멸의 순간은 매번 같지 않다. 그러니 자연이 보여 주는 찰나의 순간들은 그때마다 '유일한' 풍경이 된다.

　사라지는 존재를 붙잡고 박제하듯 "소유"할 수 없다는 사실을 시인은 알고 있으며, 사라지는 방식 그대로를 존중하며 바라보려 한다. 존재는 사라지기 때문에 더욱 귀하다. 시인은 존재를 붙잡으려 하지 않는다. 대신 흘러가는 것들이 그냥 흘러가도록, 상실되는 것들이 그대로 상실되도록 내버려둔다. 이러한 태도는 소멸이 새로운 생을 열어 주는 방식이라는 사실을 깊이 이해한 결과로 보인다.

　서연우 시에서 사라짐은 또 다른 생을 위한 여백, 혹은 '다음'의 움직임을 위한 문턱을 마련하는 과정과 같다. 이러한 인식은 아래의 시(「고라니」)에서 한층 더 열린 구조로 확장된다.

　　　나는 북쪽으로 차를 몰았다

　　　고라니가 튀어나오는 길이었다
　　　고라니가 사슴으로 변하고 멧돼지로 변하고
　　　사람으로 변하는 길이었다

　　　고라니는 항상 나보다 먼저 운다

나보다 먼저 우는 것이 내 북쪽에 있었다

양의 혀를 가지고 염소의 다리를 하고
놀란 토끼 눈을 하고

나보다 먼저 튀어나왔다

나는 북쪽으로 차를 몰았다

나보다 먼저 울음을 안 것들이 숲속에 있다

나는 고라니를 이어 쓰기 위해
내 북쪽이 있는 곳으로 간다

나는 고라니로 변신할 수 없고
나의 뱃속에서 고라니를 튕겨 낼 수 없지만

고라니는 튀어나온다

북쪽에 내가 아는 이는 없다

―「고라니」전문

"고라니가 사슴으로 변하고 멧돼지로 변하고/사람으로 변하는 길"이라는 구절은 존재들이 단일한 정체성에 고정되지 않고 서로를 관통하며 변형되는 과정 속에서만 본질을 드러낸다는 인식을 보여 준다. 서연우 시 속 존재들은 다른 존재로 '건너가는' 열린 실존의 방식을 지닌다. 시에서 고라니는 존재들이 서로를 "이어 쓰"게 하는 통로로 상징화된다. "나는 고라니를 이어 쓰기 위해/내 북쪽이 있는 곳으로 간다"는 말은 시인이 세계의 바깥에서 의미를 규정하는 관찰자로 머무르는 데 만족하지 않고 세계의 움직임을 타자에게서 배우려는 열린 감각을 추구한다는 것을 드러낸다. 시적 주체는 "고라니로 변신할 수 없고/나의 뱃속에서 고라니를 튕겨 낼 수 없지만", 고라니가 "나보다 먼저 운다", "나보다 먼저 튀어나왔다"고 하듯 고라니는 인간보다 앞선 감각과 생명의 진동을 가진 존재이기에 그는 그 움직임을 따르려 한다.

이 시집 속에서는 이러한 일시성의 감각이 도처에서 예리하게 드러나며, 시인은 세계가 예측 불가능하게 열리는 지점들을 세심하게 찾아낸다. 이러한 감각은 서연우의 시 세계를 관통하는 특성이라 할 수 있는데, 이 시집에서도 시 속 세계는 끊임없이 흘러가고 변하는 비정형적 운동성으로 가득하다. 그렇기에 이 시인의 창작 또한 어떤 완결된 의미나 단단한 구조를 박제하듯 고

정하기보다는 사라지는 것의 흔적을 받아 적고 생멸의
경계에서 스스로 열리는 틈을 포착하려는 과정으로
이해된다.

시인은 존재들에 자신의 해석을 덧씌우기보다 세계
가 드러내는 일시적이고 유일한 순간을 온몸으로 느끼
며 감각적으로 받아 적는, "고나니를 이어 쓰"는 사람이
되려 한다. 사라짐을 애도하기보다는 사라진 존재의 기
억과 흔적을 자신만의 언어로 기록하려 하는 것이다. 그
러나 시인은 결코 남김없이 채우지는 않으며, '다음' 존재
가 들어설 수 있도록 언제나 일부를 비우고 열어 둔다.

2. 세계의 무심함과 정다움

「세계의 정다운 무관심」은 일시성에 대한 사유를 한
층 더 깊이 확장한다. 이 시는 세계의 거대한 흐름 앞에
개인이 잠시 멈추어 서는 찰나에 발생하는 존재론적 불
안을 깊이 있게 파고든다.

　　　알람이 울리고 자동 차단기가 내려왔다
　　　내 차례의 불안이 생겼다

　　　차단된 세계는 달릴 것을 기다렸다
　　　너는 선을 넘지 않았고 나는

길과 길 사이 빠져나가는 침묵을 보았다

주문이 끝나길 기다리는 시간
두근거림이 다가왔다
너는 어느 쪽에서 왔니
한낮의 구경꾼들은
한 발짝도 움직이지 않았다
나의 불확실이 두리번거렸다

길이 흔들렸다 기차가
블랙홀을 잡고 빠져나갔다
사라짐과 멀어짐의 조바심
함께 달리던 나의 마음이 무섭게 멈추었다
짧은 찰나 가위에 눌렸던 어둠이
요동쳤다

차단기가 원래의 자리로 올라가고
무관심의 균형이 깨졌다
알람에 갇힌 주변의 속도가
미처 한번 쳐다볼 새도 없이
움직이기 시작했다 어제와 똑같은 햇빛

멈출 이유가 사라졌다 나도 다시 달렸다
서로 문을 잠근 채
서로 할 일이 많아

자신의 유령을 끌어안고
— 「세계의 성다운 무관심」 전문

    알람이 울릴 때 "내 차례의 불안이 생겼다"는 진술이 눈길을 붙든다. 불안이 마치 주기적으로 배당된 몫처럼 반복되고 있음을 의미하기 때문이다. 보통 알람은 기상 시간, 혹은 무언가를 시작해야 할 때를 알려 주기 위해 맞추는 것인데, 이 시 속의 알람은 멈추기 위해 울린다.

    "차단기"는 세상의 속도에 이끌려 가는 것을 잠시 막는 장치이자, 일시 정지를 통해 화자의 내면을 드러내는 계기로 작용한다. 차단기가 내려오는 순간 "나"의 고유한 불안이 시작된다. 알람이 울리면서 세계의 흐름은 멈추고, 외부의 질서로부터 분리된 작은 방처럼 자기 내부로 밀려나게 되는 것이다.

    이 잠시의 멈춤은 시적 자아에게 새로운 감각을 허락한다. "길과 길 사이 빠져나가는 침묵"은 도시의 소음 사이에 존재하는 미세한 틈과 같은 것이다. 외부 세계의 속도가 중단된 순간 이런 침묵이나, "가위에 눌렸던 어둠"

처럼 평소에는 감지할 수 없던 것들이 포착된다. 새로운 세계의 가능성은 늘 찰나의 순간에만 틈새에서 드러나며, 곧 닫혀 버릴 운명에 처해 있다. "차단된 세계는 달릴 것을 기다렸다"는 구절에서 드러나듯, 이 멈춤의 시간은 언제든 다시 속도를 회복할 세계의 리듬에 예속되어 있다. 차단기가 원래 자리로 올라가고 주변이 정상화되기 시작하면, 결국 일상의 속도와 세상의 리듬 속으로 다시 흡수될 것이다.

이제 시적 공간은 주문을 기다리는 장면으로 확장된다. "주문이 끝나길 기다리는 시간"은 일상의 자동화된 절차를 기다리는 상태를 뜻한다. 내 의지가 아니라 "주문"이라는 외부적 신호에 따라 움직여야 하는 피동적 상황에 놓여 있는 것이다. 이 문장 바로 뒤에 "두근거림이 다가왔다"가 이어지는데, 기다림이라는 상태 자체가 떨림과 불안을 증폭시킨다는 것을 알 수 있다. 재미있는 것은 "주문이 끝나길 기다리는 시간" 직후에 "너는 어느 쪽에서 왔니"가 등장한다는 사실이다. 이는 기다림의 시간 동안 시적 자아가 자기 내부를 들여다보는 동시에 외부적 타자인 "너"에게 질문을 던질 수 있게 되었음을 보여 준다.

"한낮의 구경꾼들은/한 발짝도 움직이지 않"는 와중에도 "나의 불확실이 두리번거"리며 점점 내적인 동요로 번져 간다. 이런 내면의 진동은 기차가 통과하는 장면에서 극대화된다. 길이 흔들리는 것은 감각의 왜곡, 충격을 나타낸다. "길이 흔들렸다 기차가/블랙홀을 잡고 빠져나갔다"는 묘사는 흥미로운데, 사라짐과 멀어짐의 속성을 가진 기차가 지나가는 길에 블랙홀이 열리는 것은 개인의 삶이 순식간에 다른 차원으로 빨려들 수 있다는 불안정성을 은유한 것으로 보인다. "블랙홀"이라는 단어가 암시하는 강력한 끌어당김은 새로운 세계의 인력에 한순간 흡수되어 버릴 수 있다는 두려움과 맞닿아 있다. 모든 것을 빨아들이는 소멸의 이미지를 가진 블랙홀을 기차가 "잡고 빠져나갔다"는 것은 공포를 느끼게 하는 일이다. 그러나 "사라짐과 멀어짐의 조바심" 속에서 일상을 지탱하던 질서가 무너지고, 비일상의 틈이 열린다. "무섭게 멈추"어 버린 찰나에, 그간 억압되어 있었던, "가위에 눌렸던 어둠"이 요동치는 것을 느끼게 되는 것이다. 이러한 순간은 그리 길지 않다.

곧 차단기는 다시 올라가고, 주변은 다시 기계적인 "갇힌 주변의 속도"로 움직이며, "미처 한번 쳐다볼 새도 없이" 일상의 흐름 속으로 복귀하게 된다. 타인들을 향해 던졌던 질문들도 답을 얻지 못한 채 회수되고, 사람들은 결국 다시 "서로 문을 잠근 채" 단절된 상태로 살아간다. "한낮의 구경꾼"처럼 서로에게 침범되지 않을 거리를 유지하며 각자의 속도와 목적을 향해 움직이고 있는 타인들을 비추는 무심한 풍경이다. 그렇다면 이 모든 것은 각자의 "유령"과 함께 살아가는 무력한 현실을 재확인시키는 과정일 뿐이었을까?

그런데 이 시에서 가장 주목되는 곳은 일상의 질서로 복귀하게 되는 순간을 가리켜 "무관심의 균형이 깨졌다"고 하는 부분이다. "세계의 무관심"이란, 세계가 개인을 고려하지 않음으로써 유지되는 안정된 질서를 의미한다. 세계는 기본적으로 무심하며, 개인의 내면적 동요나 불안을 고려하지 않는다. "자신의 유령을 끌어안고" 살아야 하는 이의 고립감이나 고통에도, 그의 "블랙홀"에도 아무런 관심이 없는 세계는 "어제와 똑같은 햇빛" 아래 그저 관성적인 속도로 움직일 뿐이다. 세계는 인간의 감정에 흔들리지도, 그 감정에 공명하지도 않는다.

차단기가 다시 올라가 세계가 다시 '달리기' 시작했음에도 불구하고 "무관심의 균형이 깨졌다"고 진술하는 까닭은 무엇일까? 이는 비록 외부 세계는 복귀되어도 화자의 내면은 완전히 복귀되지 못했음을 드러낸다. 시적 자아는 찰나의 '멈춤'을 통해 낯선 세계를 드러내는 틈새의 실체를 목도했으며, 세계의 소음 뒤에 숨겨진 침묵과 삶의 불안정성을 경험했다. 그동안 억누르고 외면해 왔던 자신의 내면적 고통과 존재론적 불안의 깊이를 마주한 것이다. 때문에 그에게 "무관심"은 더 이상 예전처럼 안정적이고 당연한 질서로 수용될 수 없게 되었다. 그 역시 "멈출 이유가 사라졌다"는 사실을 받아들이며 "다시 달"리게 되기는 했지만, 이제 그에게 세계의 무관심은 이전의 의미와는 다른 것이 되었다. 차가울 정도로 무심한 세계에서 시인은 묘하게 "정다운" 기운을 발견한다. 세계가 무심하기 때문에, 인간은 오히려 자신의 감정에 더 정확히 귀 기울일 수 있으며 세계가 미동도 하지 않기 때문에 인간은 자신의 흔들림을 선명하게 느낄 수 있다.

이 시집 속의 세계는 인간을 구원하지도 파괴하지도 않는다. 이 시집이 말하는 "세계의 정다운 무관심"이란 세계가 인간을 고려하지 않음으로써 역설적으로 확보되는 비개입적 윤리다.

이 시집 속 여러 시편들에서 "불안"과 "불확실"에 시달리는 시적 자아가 나타나지만 세계는 아무런 반응도 하지 않는다. "밤새 잠 못 들었다는 전화가/주말 새벽, 먼 곳에서 울"(「흑점」)리더라도, 아침의 햇빛은 어제와 같은 각도로 들어올 것이다. 세계는 우리를 보호하지도 않고, 무엇을 해야 하는지 지시하지도 않는다. 하지만 이러한 세계의 무심함이 인간 스스로 자기 자신을 더 깊게 들여다보게 하는 역설적 계기라는 점이 중요하다. 세계가 개입하지 않기 때문에 개인의 내면에서 일어나는 미세한 변화들이 더 선명해지고, 인간은 자신만의 고유한 감각과 존재의 결을 확인하며, 무엇을 해야 할지 스스로 생각하게 된다.

사르트르가 『실존주의는 휴머니즘이다』(1946)에서 말했듯 인간의 행위를 정당화할 가치나 질서를 신에게서도, 자연에게서도 찾을 수 없다는 사실은 인간에게 절대적인 자유를 부여하는 점이 있다. 세계가 인간의 본질을 정해 주지 않기 때문에 인간은 결국 스스로 자신의 본질을 만들어야 한다. 따라서 "세계의 정다운 무관심"은 자율성과 자기 창조의 가능성을 열어 주는 조건이 된다.

무관심한 세계는 서연우의 시 속에서 시적 주체가 스스로의 자아를 새롭게 구성할 수 있도록 비워진 장場으로 작동한다. 이 시집의 제목인 "당신에게서 내 얼굴을 하나 가져갑니다"는 시 「캐리커처」에 등장하는 문장이다. 이 시는 타자라는 거울을 통해 자신의 내면과 조우하는 '성찰적 사건'을 제시한다. "귀걸이는 그려 넣지 마세요"라거나 "배우같이 그리지는 마세요"는 당부를 통해, 시적 화자는 장식적 허위를 걷어 낸 날 것의 진실을 마주하고자 한다. 이러한 태도는 "서로 다르게 흐르는 한 호흡" 속에서 "당신에게서 나를 보"는 교감의 단계로

이어진다. 여기서 이 시는 대상의 특징을 과장하거나 생략함으로써 도리어 본질에 다가가는 예술의 특성처럼, 일상의 가면을 벗어던진 화자가 타인의 응시를 빌려 자신의 진정한 단면을 발견하는 과정을 보여 준다. 시인은 원래의 얼굴은 두고 가더라도 타인과의 관계 속에서 새롭게 갱신된 '또 다른 나'를 발견하는 경이로운 찰나를 감각적으로 형상화하고 있다.

3. 있음과 없음

이 시집에서 모든 존재들은 있음과 없음 사이를 오고 가며 진동한다. "있는 것과 없는 것이 들썩여요"(「궁리」), "있기도 하고 없기도 한"(「나무, 새, 바다」), "아무것도 아닌 것/전부인 양/무너진다"(「비」), "속을 비웠다"(「못갖춘마디」)와 같은 구절로 선명하게 드러나는 존재에 대한 사유는 이 시집의 중요한 축을 형성한다.

「못갖춘마디」는 박자표에 만족하는 박자 수를 갖지 않는 마디, 불완전 소절을 뜻하는 음악 용어를 제목으로 사용하고 있다. 못갖춘마디는 첫 마디가 불완전하게 시작되지만, 다음 마디와 연결되어 하나의 완성된 흐름을 만드는 음악적 장치다. "대나무는 죽고 대나무는 다시 온다"는 구절은 대나무의 삶과 죽음이 하나의 완성된 순환 주기를 이루며, 소멸이 곧 새로운 시작임을 선언

한다. 이는 「비」에서 "쉼 없이 피고/쉼 없이 소멸하는" 비의 속성을 통해 발견했던 영속적인 순환의 미학을 고스란히 담아내고 있다.

이 시에서 대나무의 속성은 이 시집의 핵심적인 '비움'의 철학을 잘 응축하고 있다. "팔다리를 허우적대면서 대나무는/자신을 위해 박자를 맞추고/속을 비웠다"는 구절에서 대나무가 속을 비우는 행위는 '무無'가 '쓰임用'이 된다는 도가 사상의 원리를 구현하는 듯 보인다. 속이 비어 있음으로써 대나무는 흔들리면서도 부러지지 않는 존재의 유연성을 획득하며, 스스로 박자를 맞추는 고유한 생의 리듬을 완성할 수 있다.

"피면, 죽는/피우면, 죽는/나무"라는 표현에서 보듯 대나무가 꽃을 피우는 것은 죽음을 의미한다. 존재의 가장 완전한 순간('꽃')이 곧 가장 철저한 소멸('죽음')이라는 숙명적인 역설을 보여 주는 것이다. 이는 극단적인 '있음'과 '없음'의 경계에 자신을 던지는 기투다.

"혼자 걷던 막다른 길이 손을 쳐든다"에서 제시되는 "막다른 길"은 더 이상 나아갈 수 없는 멈춤을 만드는 계기이며, 새로운 사유의 시작점이 된다. 화자는 막다른 경계에 멈춰 섬으로써 진정한 존재의 의미를 묻는다. "대나무는 정말 풀일까//질문이 마디로 가득 찬" 물음을 던지며 시인은 답을 할 수 없는 질문들로 가득 찬 상태 자체가 존재의 본질임을 보여 주고 있다.

「블라인드 케이브 카라신」에서 눈이 퇴화된 물고기인 블라인드 케이브 카라신은 '있음'을 위해 '없음'을 선택한 존재를 상징한다. 빛이 없는 환경에서 생존하기 위해 눈을 버린 이 물고기는 시력을 잃음으로써 오히려 외부 세계의 자극과 고통으로부터 벗어나 동굴이라는 근원적인 어둠 속에서 안정을 얻는다. "있는 듯이 없고/나와 너 사이에서 우리는 없는 듯이 있다"는 구절에서 '너와 나'의 관계를 규정하는 시의 방식은 독특하다. 사물이나 관계를 고정된 것으로 규정하기를 거부하고 끊임없이 유무有無의 경계를 진동시키곤 하는 시인은 눈이 없는 물고기가 "나의 좌, 우, 앞을 가로막"고, '나'는 "너의 좌, 우, 뒤에서/빠져나오려" 하는 모습을 통해 서로 연결되어 있으면서도 부조화한 관계를 그려 내 보인다.

관계의 본질을 이해하기 위해서는 "보이는 사람에게는 있고/보이지 않는 사람에게는 없는" 벽이 있는 동굴의 상태를 겪어 내어야 한다. "말하지만 말하지도/듣고 있지만 듣고 있지도 않은/기도는, 계속 눈이 감긴다/드디어, 마침내 기도는, 눈이, 사라진다"는 구절은 대상을 단일한 하나의 실체로 바라보는 눈을 완전히 포기하여 공空의 경지에 이르는 과정을 보여 준다. "만나기 위해/눈이 사라지고/헤어지기 위해 사라진 눈이/물 위에 둥

둥 떠다닌다"는 표현처럼 시적 화자는 진정한 만남과 헤어짐을 위해 눈을 버리고, 시의 마지막에서 "기도하지 맙시다"라고 선언하면서 기도마저도 버린다.

고정된 자아나 실체는 없다는 인식은 서연우 시 전반에 두드러지게 나타나는 것이다. 존재는 상황과 관계에 따라 계속 다른 형태로 나타난다. 모든 존재는 조건이 맞아 잠시 드러났다 사라지는 것이라는 생각은 불교의 무상이나 비어 있음이 충만함을 의미하는 도가의 '허虛'를 떠올리게 한다. 이러한 관점에서 보면 여백은 가능성이 들어오는 개방적인 자리가 된다.

"내가 바라보는 거울처럼 나는, 잠깐 떠오르다 멈춘 비밀을 보지 못했다고도 할 수 없고"(「잠시, 산다」)

"있는 것과 없는 것이 들썩여요"(「궁리」)

"가득 차 텅 빈 마주침"(「펼친 페이지」)

"살았는지 죽었는지 재조차 없는"(「야나르타쉬」)

"빨간 지붕은 보이는데 집으로 드는 길이 보이지 않는다 자동차의 내비도 휴대 전화의 내비도 찾지 못하는 새 주소를 쥐고 여기로도 가 보고 저기로도 가 본다", "여기도 아니면…… 분명한 것이 없는"(「빨간 지붕」)

"나는 잎이 없는데 잎이 떨어진다", "잎, 나는 나를 그만둘 나무가 없다", "나는 끝이라는 시작을 모르고"
(「스러지는 것을 어떻게 할까?」)

"해가 나면 사라지고 없을 첫눈처럼" (「첫눈」)

"있었지만 있었던 가슴은 없지만 있고" (「그것은
광고처럼 보이기도」)

"있기도 하고 없기노 한" (「나무, 새, 바다」)

이 일련의 구절들은 존재가 끊임없이 흔들리고 변형
되며, 사라졌다가 다시 나타나는 경계적인 상태에 놓여
있다는 인식을 공통적으로 보여 준다. 시인은 생과 사,
있는 것과 없는 것, 가득 참과 텅 빔 등 서로 대립한다고
여겨지는 범주들이 사실은 명확히 나뉘지 않는다는 생
각을 반복해서 드러낸다.

서연우의 시 세계는 '있음'과 '없음'이 서로를 밀어내
지 않고 공명하는 지점에서 열린다. 사라짐은 새로운 감
각을 불러들이는 틈이며, 비움은 또 다른 채움을 위한
자리를 만드는 일이다. 이는 '경계에서의 진동'을 통해 존
재를 다시 바라보게 하는 시집 전체의 핵심 감각을 형
성한다. 눈이 사라지고, 박자가 어긋나고, 마디가 비어
있을 때, 서연우 시의 존재들은 상실과 소멸, 결핍을 통
과하여 다시 태어난다. 이 시집은 그렇게 '불완전함의 완
전성'을 향한 조용한 탐색으로 존재의 새로운 윤곽을

밝힌다.

『당신에게서 내 얼굴을 하나 가져갑니다』는 일시성의 세계를 자기만의 방식으로 건너는 모든 존재를 향한 찬사이자 자유와 자기 창조의 가능성에 대한 긍정을 보여 주는 시집이다. 흔들리고 부서지며 다시 일어서는 존재의 생멸을 섬세한 시선으로 바라보며, 시인은 미결정의 상태를 가장 충만한 존재 방식으로 끌어올리는 미학적 성취를 통해 독자들 역시 삶의 '못갖춘마디' 속에서 자신만의 충만한 리듬을 찾아보도록 조용히 권유한다.

일상의 속도와 흐름에서 벗어나 흔들리는 시간 속에서만 드러나는 존재의 고유한 빛을 포착하는 감각이 날카롭게 살아 있는 시편들이다. 이 시인의 시적 여정이 앞으로도 계속해서 펼쳐지기를 바라며, 그가 도달하게 될 '다음'이 벌써 궁금해진다.

당신에게서 내 얼굴을 하나 가져갑니다

2025년 12월 31일 1판 1쇄 펴냄

지은이	서연우
펴낸이	김성규
편집	조혜주 최주연 권은하 한도연
디자인	신혜연
펴낸곳	걷는사람
주소	경기도 용인시 기흥구 동백중앙로 358-6, 7층 (본사)
	서울 마포구 월드컵로16길 51 서교자이빌 304호 (지사)
전화	031 281 2602 / 02 323 2602
팩스	02 323 2603
등록	2016년 11월 18일 제25100-2016-000083호

ISBN 979-11-7501-051-2 04810

ISBN 979-11-89128-01-2 (세트)

* 이 책은 경상남도, 경남문화예술진흥원의 문화예술 지원을 보조받아 발간되었습니다.
* 이 책 내용의 전부 또는 일부를 재사용하려면 반드시 지은이와 출판사의 동의를 얻어야
  합니다.
* 잘못된 책은 교환해 드립니다.